DIE RÄTSELHAFTEN FÄLLE DES FRANCIS ALBANY

AUF DER SUCHE NACH SIR MALCOLM

Text: François Rivière
Zeichnung: Jean-Claude Floc'h

CARLSEN VERLAG

Gedruckt auf chlorfrei gebleichtem Papier

CARLSEN COMICS
Lektorat: Uta Schmid-Burgk, Andreas C. Knigge, Marcel Le Comte
1. Auflage Juli 1994
© Carlsen Verlag GmbH · Hamburg 1994
Aus dem Französischen von Resel Rebiersch
A LA RECHERCHE DE SIR MALCOLM
Copyright © 1984 by Dargaud Editeur, Paris
Redaktion: Uta Schmid-Burgk
Lettering: Julia Höpfner-Meyer
Druck und buchbinderische Verarbeitung:
Stiewe GmbH Berlin
Alle deutschen Rechte vorbehalten
ISBN 3-551-72173-4
Printed in Germany

DIE TODESFAHRT DER »TITANIC«

Alles begann mit einem Roman... Im Jahr 1898 veröffentlichte der Schriftsteller Morgan Robertson die fiktive Geschichte des größten Schiffes, das Menschen je gebaut hatten: der »Titan«! Dieser futuristische Gigant trug auf seiner Jungfernfahrt eine erlesene Fracht: die reichsten, vergnügungssüchtigsten Zeitgenossen jener Jahre. Doch nach dem Zusammenstoß mit einem Eisberg erlebten diese Lieblinge der Götter das Grauen eines apokalyptischen Untergangs. Um das Anliegen seines Romans zu verdeutlichen, gab Robertson ihm den Titel »Vanity« – Eitelkeit, Vergeblichkeit. Dem Werk blieb literarischer Ruhm versagt, doch ein höchst sonderbares Ereignis verhalf ihm zu Beginn dieses Jahrhunderts zu einer makabren Berühmtheit. Vierzehn Jahre nach dem Erscheinen von »Vanity« baute die englische Schiffahrtsgesellschaft *White Star* einen Luxusdampfer, der dem Schiff aus Robertsons

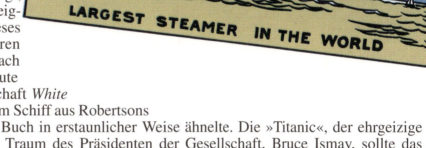

Buch in erstaunlicher Weise ähnelte. Die »Titanic«, der ehrgeizige Traum des Präsidenten der Gesellschaft, Bruce Ismay, sollte das größte, schnellste und luxuriöseste Schiff der Welt werden!

Am 31. Mai 1911 feierten die Aktionäre der *White Star Line* den Stapellauf der »Titanic«, und Bruce Ismay verkündete stolz, der neue Dampfer werde seinen Erzrivalen von der amerikanischen Schiffahrtslinie *Cunard* den Rang ablaufen.

Die »Titanic« machte ihrem Namen alle Ehre: Der Rumpf war 268 Meter lang und 28 Meter breit ... Mit ihren vier Schornsteinen und einer Reisegeschwindigkeit von 23 Knoten würde sie auf den Weltmeeren von der Überlegenheit Englands zeugen.

Die erste und letzte Fahrt der »Titanic« über den Atlantik ist in die Geschichte eingegangen. Am Morgen des 10. April 1912 verließ das Schiff Liverpool. Die 2206 Passagiere legten ihr Schicksal vertrauensvoll in die Hände von Kapitän Smith. Ein jeder war der Überzeugung, an einem epochemachenden Ereignis teilzunehmen, das zumal von der britischen Presse in den höchsten Tönen bejubelt wurde.

Die Liste der Erste-Klasse-Passagiere war eindrucksvoll: Alles, was in der Alten wie in der Neuen Welt

Speisekarte der 1. Klasse

Unterschiedlichen Zeugenaussagen zufolge war der Eisberg zwischen 150 und 300 Meter hoch.

Rang und Namen hatte, war auf den oberen Decks zugegen, die einen schwimmenden Palast bildeten. In den eleganten Suiten und Salons tummelten sich Milliardäre aus aller Welt; Künstler von internationalem Rang und hartgesottene Abenteurer aalten sich im unglaublichen Luxus und in der unübertroffenen Sicherheit auf diesem ersten absolut unsinkbaren Dampfer – so die Werbung der *White Star Line*. Die Spitzen der Gesellschaft waren entschlossen, die fünftägige Überfahrt in vollen Zügen zu genießen...

Doch die Reise gestaltete sich auf den verschiedenen Decks durchaus unterschiedlich. Dem unerhörten, ja schamlosen Luxus der oberen Kabinen, aus denen man eine faszinierende Aussicht auf den Ozean hatte, stand die drangvolle Enge der Unterkünfte jener Passagiere gegenüber, die weniger begütert waren.

Zu erwähnen ist noch, daß der berühmteste und wertvollste »Passagier« der »Titanic« ein Buch war! Ein amerikanischer Büchersammler nämlich führte ein unersetzliches Exemplar der Erzählungen *Die Rubaijat* des persischen Dichters Omar Khaijam mit sich – eine unschätzbare Rarität.

Am Morgen des 14. April hat die »Titanic« 22 Knoten Reisegeschwindigkeit. Die Jungfernfahrt scheint in der Tat ein Triumph der Technik zu werden. Das Wetter ist klar. »Das Meer ist ruhig wie ein Teich«, schreibt ein Passagier an seine Frau. Doch obgleich das Frühjahr begonnen hat, ist die Luft frostig kalt. Den ganzen Tag über empfängt der Bordkommandant von Schiffen, die seine Route kreuzen, Funksprüche über Eisberge in allernächster Nähe... In der folgenden Nacht um 23.40 Uhr entdeckt der Ausguck Frederick Fleet vom Krähennest aus etwas, das weder Wasser noch Himmel ist. Das Gebilde wächst, es nähert sich mit bedrohlicher Geschwindigkeit. Ein Eisberg! Eine gigantische Eismasse, dunkler als die Nacht, türmt sich vor der »Titanic« auf. Fleet schätzt ihre Höhe auf über 200, vielleicht sogar 300 Meter. Der Zusammenstoß scheint unvermeidlich. Doch das Schiff dreht nach backbord ab – der Eisberg gleitet steuerbord vorbei und verschwindet am Horizont. Quartiermeister Rowe im Heck bemerkt eine leichte Unregelmäßigkeit im Rhythmus der Maschinen. Im Rauchsalon spielen einige Passagiere Karten. Einer hebt sein Glas und scherzt: »Wollen wir mal nachsehen, ob es an Deck Eis für meinen Scotch gibt?« Der Präsident Bruce Ismay fährt aus dem Schlaf hoch. Als Smith den Ruck bemerkt, eilt er zum Ruder. »Was ist los?« - »Ein Eis-

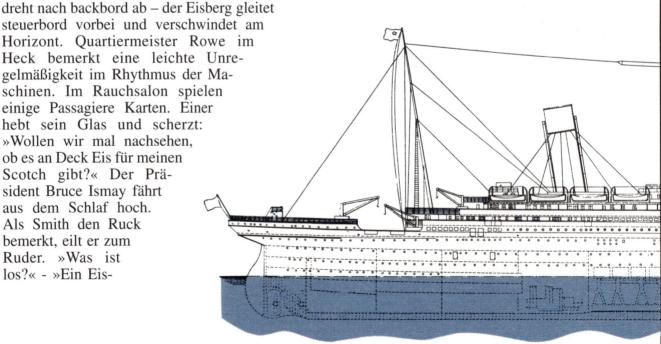

berg, Sir«, erwidert Murdock, der diensthabende Steuermann, ungerührt. »Schließen Sie die Flutkammern!« Dann sucht Smith den Schiffskonstrukteur Andrews auf und macht mit ihm einen Inspektionsrundgang. Und bald darauf haben sie Gewißheit: Der Eisberg hat ein 90 Meter langes Leck in die Schiffsflanke gerissen! Auf den oberen Decks hatte man den Stoß zwar nur gedämpft wahrgenommen, und keiner der Passagiere ist unruhig geworden. Doch in den Lade- und Heizräumen sieht es anders aus.

Fünf Minuten nach Mitternacht gibt der Kapitän den Befehl, die Rettungsboote klarzumachen. Dann folgt die Anweisung: »Alle Passagiere mit Schwimmwesten auf die Brücke...« In der ersten Klasse bleibt man indessen sorglos. Überzeugt, daß Kapitän Smith sich einen Scherz erlaubt, begeben sich die Bewohner der Luxuskabinen im Mondschein an Deck. Über ihren Köpfen wölbt sich der sternenübersäte Himmel wie eine Theaterkulisse, unter ihren Füßen liegt die »Titanic« ruhig und verläßlich, scheinbar unberührt von der leichten Dünung des Atlantiks. Die Szene hat ganz und gar nichts Beängstigendes.

Bei der Evakuierung bricht ein Chaos aus. Die Schiffsoffiziere versuchen vergeblich, die Frauen und Kinder in die Boote zu bringen. In arrogantem Ton erklärt der Milliardär John J. Astor, er fühle sich an Bord der »Titanic« sicherer als in so einer Nußschale. Dreizehn jungverheiratete Paare auf Hochzeitsreise finden das Ganze nur spaßig und trennen sich unter Scherzen voneinander. Die jungen Ehemänner helfen ihren Frauen in die Boote.

Die dreizehn Frauen sollten die Tragödie überleben – als Witwen...

Auf den unteren Decks wächst die Panik von Minute zu Minute. Eine Art von »Klassenkampf« entbrennt: Das Wasser steigt, und wie Kriegsflüchtlinge versuchen Dutzende von Passagieren, sich den Weg nach oben zu erzwingen. Ungeachtet der Anordnungen der Matrosen werden Türen eingedrückt... Dann wird das ganze Ausmaß der Tragödie klar: Die »Titanic« besitzt nur 16 Rettungsboote und vier Schlauchboote für 2206 Passagiere – also 1178 Plätze. Die letzte Hoffnung sind die Funker. Unaufhörlich senden sie ihr SOS – *Save Our Souls*! Einen Ruf fängt die »Carpathia« von der *Cunard Line* auf. Die Antwort kommt augenblicklich: Das amerikanische Schiff ist nur 58 Meilen entfernt und eilt so schnell wie möglich herbei...

Man läßt die Rettungsboote zu Wasser. Andrews fleht die Passagiere an, doch einzusteigen. Dann zieht er sich in den Rauchsalon zurück und wirft entmutigt seine Schwimmweste auf den Boden.

Die gezackte Linie zeigt den Riß, den der Eisberg verursachte.

Skizze eines Überlebenden, angefertigt an Bord der »Carpathia«

Die »Titanic« kämpft ihren Todeskampf. Die Lampen geben nur noch einen schwachen, rötlichen Schein. Das Orchester spielt den anglikanischen Hymnus »Autumn«.

Neunzehn Meilen entfernt, hat der Dampfer »Californian« ebenfalls Eisberge gesichtet und die Maschinen die Nacht über gestoppt. Der Funker hat seine Geräte abgeschaltet. Der diensthabende Offizier bemerkt eine seltsame Silhouette, die im Meer versinkt, und schickt einen Schiffsjungen zum Kapitän mit der Botschaft, daß im Südwesten ein nicht identifiziertes Schiff vorbeizieht.

Fast 1500 Menschen bleiben an Bord der »Titanic«. Von den Booten aus bietet das Schiff noch immer einen majestätischen Anblick, trotz des »exzentrischen Winkels«, den der Dampfer mit der Wasseroberfläche bildet. Plötzlich erhebt sich der Rumpf senkrecht in die Höhe und verharrt 30 Sekunden lang in dieser Stellung. Die Lichter verlöschen, flammen noch einmal auf – und verschwinden für immer. Der Lärm der rückwärts laufenden Maschinen ist ohrenbetäubend. Die »Titanic« steht wie ein Mahnmal zwischen Himmel und Wasser. Der verzweifelte Kapitän Smith hatte sich geweigert, sein Schiff zu verlassen, unerschütterlich bis zum letzten Moment. Es wurde erzählt, er habe sich eine Kugel in den Kopf geschossen, nachdem er seiner Mannschaft den letzten Befehl zugerufen hatte: »Be British!«

Angesichts dieser wahrhaft apokalyptischen Szene kamen alle Klagen zum Schweigen. Dann »hallten die Hilfeschreie aus tausend Kehlen, die Todesschreie der Ertrinkenden über den Ozean...« Als die »Carpathia« am Morgen des 15. April die Unglücksstelle erreicht, ist von der »Titanic« nichts mehr zu sehen. Die Boote sind über ein Gebiet von mehreren Meilen auseinandergetrieben, drei oder vier Eisberge von 40 bis 60 Meter Höhe beherrschen das Bild. Die Schreie verängstigter Kinder machen die Szenerie noch gespenstischer. Und unglaublicherweise kämpfen im eisigen Wasser noch immer Schwimmende um ihr Überleben…

Unter ihnen sind die beiden Funker Bride und Phillips. Letzterer wurde nach vier Stunden, die er auf einem winzigen Floß verbracht hatte, von der »Carpathia« aufgenommen, doch er starb an Erschöpfung.

So endete die Tragödie der »Titanic«, nach einer schicksalhaften Nacht, in der die Vision von Morgan Robertson auf entsetzliche Weise Realität geworden war.

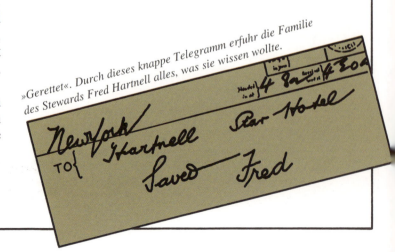

»Gerettet«. Durch dieses knappe Telegramm erfuhr die Familie des Stewards Fred Hartnell alles, was sie wissen wollte.

Daß diese verdammten Romanautoren unentwegt schreiben! Heute mag ich mich nicht damit befassen...

Wünschen Master Francis noch etwas?

Äh... Nein, danke, Wang!

Dieses Warten ist enervierend. Aber ich kann den armen Allison nicht ständig mit Anrufen belästigen...

"In Philadelphia streiken seit gestern die Seeleute, und die Agentur Cook meint, das dauert länger... Mr. Burkes hat mir dringend geraten, auf dem neuen Schiff der White-Star-Linie zu reservieren..."

"Ah, die »Titanic«, das Wunderwerk! Das ist hervorragend, Evans! Wann können wir abreisen?"

"Die »Titanic« verläßt Southampton am Mittwoch mittag..."

"Toll, Olivia! Wir fahren mit der »Titanic«, dem größten Schiff der Welt! Komm, ich zeig dir Fotos!"

"Wohin so eilig? Ihr ganz aufgeregt seid ja wegen der Reise! Dann helft mir mal packen..."

"Ja, ja, Miss Mathilde!"

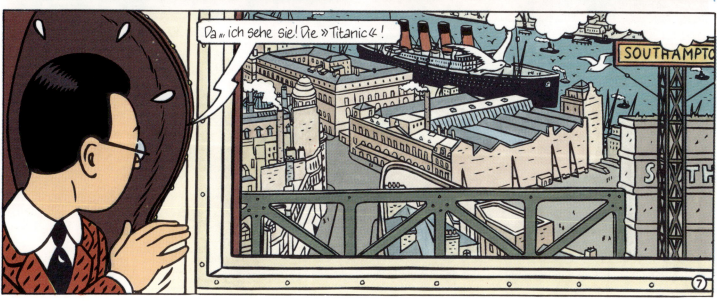

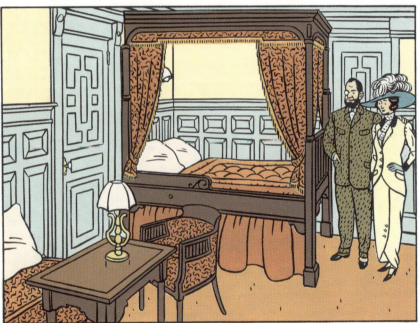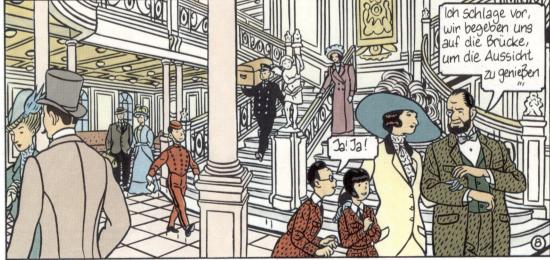

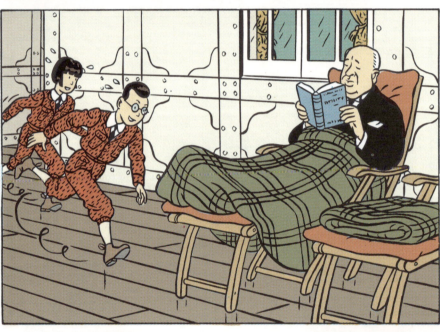

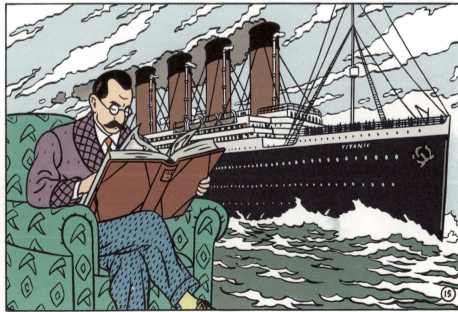

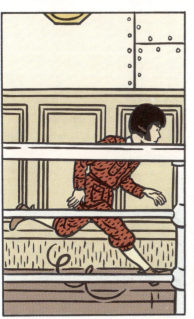

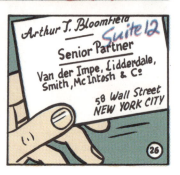

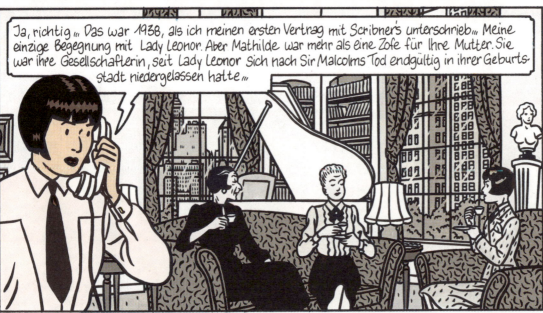

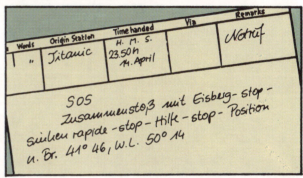

Hoffentlich konnte Mathilde sich retten ...!